U0896544

索菲娅·安德雷森

诗苑译林

未来是一个清晨

索菲娅 · 安德雷森诗选

SOPHIA DE MELLO BREYNER ANDRESEN

[葡]索菲娅·安德雷森——著

姚风——译

湖南文艺出版社

你的步履是路的完美

姚风

索菲娅·德·梅洛·布雷内尔·安德雷森（Sophia de Mello Breyner Andresen, 1919—2004）出生于葡萄牙北方重要城市波尔图，家境优越，父亲管理着一座矿山，家里还拥有一个庄园。索菲娅在庄园中度过了童年和少年时代。她三岁时已能够背诵诗句，当时她还不识字。当她第一次随家人去海滩休假，她看到了影响她一生的大海，十二岁她开始写诗的时候，首先记录的就是大海给她留下的印象，从此大海成为她诗歌中不断吟唱的主题。她十七岁在波尔图完成中学学业，之后来到里斯本攻读古典语言课程，对荷马的史诗特别感兴趣，同时开始和许多诗人交往，其才华逐渐得到文学界人士的欣赏。索菲娅是一个讨人喜欢的女性，她相貌端正，气质高贵优雅，加上逐渐显露的才华，因此她几乎成为文学圈里的“大众情人”。与她同时代的诗人埃乌热尼奥·德·安德拉德回忆说：她所有的朋友都或多或少地爱恋着她，也许因为这个原因，人们才不同意她结婚。然而索菲娅还是和一位律师结婚了，他们共育有五个子女，她婚后开始做全职母亲，但没有终止文学创作。由于要经常给孩子们讲故事，她还开始了儿童文学的写作，这些作品现已成为葡萄牙儿童文学的经典。自 1932 年开始，科英布拉大学经济学教授萨拉查进入政府，掌管了国家的权力，葡萄牙从此进入了独裁专制时期。索菲娅虽然在家庭中是相夫教子的贤妻良母，但也是反对独裁统治的激进人士，她以诗歌为武器，揭露和抨击萨拉查的专制主义。索菲娅还积极投身政治活动，曾参与营救被囚禁的政治家的“援助政治犯委员会”的创建工作。1974 年 4 月 25 日，里斯本的年轻军官发动军事政变，政变并未流血，以温和的方式结束了萨拉查的独裁统治，葡萄牙从此成为民主国家。此后，她减少了政治活动的参与，尽管如此，她 1975 年被选为国会议员，这是她一生中唯一担任过的政治职位。

索菲娅在葡萄牙文坛享有崇高的地位，被誉为“葡萄牙诗歌女皇”。她多次获奖，1994 年葡萄牙作家协会授予她“终身文学成就奖”，1999 年她在八十岁高龄时又荣获葡萄牙语世界最高级别的文学奖项“卡蒙斯奖”，成为第一位获此殊荣的以葡萄牙语从事创作的女作家。2014 年她逝世十年后，灵柩被安放于葡萄牙国家先贤祠，这是至高无上的荣誉，迄今只有两位女性栖身先贤祠：索菲娅和葡萄牙国宝级“法多”演唱家阿玛丽娅。

葡萄牙著名诗人若热·德·塞纳对她这样评价："这是葡萄牙当代诗歌最高贵的声音之一。我们看到，她充满音乐性的诗句是一种激昂的呼唤，是对人类共融的追求，是生命的热度，是爱情坦荡的表白，是不可抗拒的自由呼求，诗人以此来教导我们，我们应该站起来，挣脱束缚，丢掉彷徨。"索菲娅致力于一种纯粹抒情诗的写作，她善于发掘普通词语中的内在能量，剥去它们的浮夸和冗赘，最大限度地去追求诗句的纯粹。她的诗歌写作既根植于葡萄牙的历史和文化，也深受古希腊文化的影响。她把诗歌铺成一条路，沿着这条路去实现自我的升华，从而走近真实和自然。因此，她常常感叹自我的迷失，从而通过词语去寻找另一个自我，而这个自我，是纯洁的、本真的、自然的，是要摆脱被欲壑难填的现代社会塑型，最大程度地去接近自然。

索菲娅热爱自然万物，但是她拒绝人格化的自然，自然本身已经是和谐的秩序，就像在希腊人眼里，自然是神圣的，这种神圣是在自然的和谐中显现的。在酒神的快乐精神中，人与物的律动得到了统一并共同沐浴着神圣的光辉。战天斗地的人并非高傲的胜利者。诗人抚摸着万物，仿佛一个沉浸在爱中的灵魂探寻着万籁的神秘之音。她要脱下虚伪的表情，快乐的事情是死后复活为一只野兽，敏捷矫健，自由自在，使用着自己的语言生存。她可以和一块石头亲如手足，或者做一朵花的姊妹。因此，索菲娅的许多诗都是自然之诗，对自然万物心怀敬畏和感恩之心，只有在自然的怀抱中她才感觉安全和安静，仿佛回到了家中，而人类现代社会的疯狂会斩断自然之根，让它漫无目的地漂浮和流浪。甚至被视为现代文明象征的城市，在她的诗里也是自然的反面形象；她憎恨城市对自然的侵蚀和对人自然天性的异化，她不喜欢那些"没有悲悯之心的街道"，对海员因失去大海而不得不在城市漂泊表示同情。

在自然万物中，她总是不知疲倦地歌唱大海，对她而言，大海就是自然最明澈、最辽阔、蕴含着无穷伟力的一部分，因此大海成为她许多诗篇的灵感来源和抒情对象，甚至她的墓志铭也是渴望死后与大海共度时光：

我死后，要回去寻找

我没有和大海共度的一个个瞬间

她也写到成就了葡萄牙航海大发现这一丰功伟绩的大海，但她一方面颂扬葡萄牙人勇于征服海洋的壮举，另一方面也含蓄地批评葡萄牙航海者的虚伪："每次停泊上岸 / 我们都用黄金覆盖教堂内的阴暗。"

诗人用干净的声音为万物命名，在大海边，在黑夜里，在涂抹着白石灰的房子里，她把神秘的初始和创世的奇妙纳入寻求纯洁的万物之源的旅程，同时她没有忘记诗歌担当的使命，她歌颂自由和正义的生长，她呼吸的节奏跟随着国家的命运起伏，她自信可以用诗歌为民族提供精神的力量和心灵的安慰。事实上，对于这个也算得上饱经沧桑的民族来说，诗歌一次次为他们忧伤的灵魂提供了慰藉，陪伴他们走过漫漫的历史长夜。《放逐》这诗经常被人吟咏，它因言简意赅地抒写出诗人对被黑暗蹂躏的祖国所怀有的深厚情感而成为一首经典之作：

我们不再拥有我们的祖国

我们失去了她，因为沉默和退缩

甚至大海的涛声都在把我们放逐

甚至围绕我们的阳光都是栅栏

1974年4月25日的革命推翻萨拉查独裁统治后，索菲娅为此欢欣鼓舞，写下一首题为《4月25日》的诗，以简朴而准确的语言道出了葡萄牙人民迎来自由曙光的心声：

这是我所期待的清晨

这是完整而纯洁的初始之日

从此我们走出黑夜和沉默

自由地享有时间的真义

索菲娅认为诗歌具有超越性，她努力把这种超越性从重重的阴影中解放出来，因为世上的万物都会被阴影遮蔽，只有个人的主动性，只有个人与诗歌创造的真实相交融才能驱散阴影。她的诗歌很喜欢使用“缺席”（ausência）这个字眼，那些缺席的事物，就是隐藏的事物，它们用神秘包藏了无穷的秘密，而诗人可以穿过阴影走进神秘的境界，与自然万物一起享有这些秘密。她喜欢使用的另一个关键词是“赤裸”（nudez），赤裸的海滩，赤裸的自然，赤裸的面孔，赤裸的身体，赤裸的爱情，赤裸的生命，这里的“赤裸”可以理解为剔除了人为雕饰的“真实”和“原初”，它与诗人偏爱的另一个词“纯粹”（pureza）互为补充。

索菲娅十分倾慕古希腊文化，与古希腊人物的对话是她诗歌的另一个主题，与此同时她作为一名天主教徒，希望异教的思想与天主教的思想可以和谐地调和互补，从而让人间充满更为宽容的博爱。不过，她并不是上帝俯首的奴仆，上帝也不是虚无缥缈的存在，她认为在人存在的地方就有上帝，或者说，升华的人性就可以抵达神性的境界。

索菲娅的诗歌没有省略黑暗、残酷和眼泪，但她不是一个悲观主义者，她知道如何从庸常的生活中抽取快乐，她拒绝把痛苦当作命中注定的东西：一缕阳光，几朵浪花，甚至一篮火候恰到好处的面包都能安慰这个优雅的女性。她的人生就像一个天平，“在天平的一端，装的是人类离别的体验、痛苦的良知和对时间杀手的抗拒；在另外一端，装的也许是平和的心境，悠然的抉择，还有永恒的阳光、大海和风”，文学评论家玛丽亚·若昂·博杰这样评论索菲娅的诗歌。

阳光的背面是黑暗，黑暗覆盖着死亡。索菲娅从来不回避死亡，不断消亡的时光也是她诗歌的一个主题，但是她把时间的尽头当作回归之路，死亡使人摆脱了时间的统治，自我的灵魂和肉体得以解放，在另一个安宁的世界中获得最后的纯粹和完整。也许她真正热爱的，是以高贵的生命学习如何死亡的艺术。现在，索菲娅在走过漫长的生活之路后，永远回到了她喜爱的大海的身旁，继续倾听潮起潮落的喧哗，她应该死而无憾。“你的步履是路的完美”，这已经足够了。

2020 年 5 月 1 日

目录

尽管废墟和死亡[1]

尽管废墟和死亡
总是杀死一次次幻梦，
但我的梦依然强大
我的激情将从万物中再生，
我的双手带来的绝不是空。

1　原诗无标题，标题为译者所加。

有时我以为[1]

有时我以为，我在我的眼中
看见了其他生命的诺言
假如生命可以重新选择
我可以许下这样的诺言。

然而，这个惊奇的发现
给我带来的只是惊惧和痛苦
让我像水一样
感觉无形，迷茫，不知流向何方。

1　原诗无标题，标题为译者所加。

万物与我共舞[1]

万物与我共舞，我以此来寻找
最理想的舞姿，
我舞动，被一根黑色梦想的线绳牵引，
我在梦中创造真实。

我感觉身体的周围
失去了太多的动作，并沉入海底，
但依附各个感官的灵魂，
正沿着天空的阶梯登攀……

1　原诗无标题，标题为译者所加。

如果说[1]

如果说，所经历的往事让我深感痛苦，
那是因为在我活过的一分一秒中
都在为真善美而奋斗，
只有这样，爱的事物才得以永恒。

1 原诗无标题，标题为译者所加。

我无比憎恨[1]

我无比憎恨
春花怒放的无数个夜晚，
花朵开尽了呼唤与期待，
却从未结出一枚果实。

1　原诗无标题，标题为译者所加。

他们身体挨着身体[1]

他们身体挨着身体，抵御着寒冷，
从没有人到过他们的家，
孤单的他们，用空无装满巨大的房子，
只有夕阳在玻璃窗上燃成灰烬。

1 原诗无标题，标题为译者所加。

大海

I

我走遍天涯海角，
但还是把最强烈、最深沉的爱
献给我的那片海滩，它赤裸而迷人，
在那里，我和大海、海风、月亮是一家人。

II

我嗅着土地、树木和风的气息，
春天让自然芬芳弥漫，
但我想要的，我寻找的
只是大海狂野的涛声，它在向天外的星球
发出最纯粹的呼唤。

你是谁[1]

你是谁，从夤夜里走来？
踏着一路银色的月光，
头顶着树叶沙沙欢响。

完美来自你的足音，
那些注定圆满的事物，
因你的莅临而苏醒。

夜的故事是你手臂的姿态，
风的气息是你的青春，
你的步履是路的完美。

1　原诗无标题，标题为译者所加。

城市

城市，充满着嘈杂声，喧闹的大街人来人往，
哦，这带有敌意的肮脏生活已被虚度，
要知道，城市之外还有大海、荒凉的海滩，
无名的山峦，还有比难以满足的欲望
更为宽广的平原，
但我被缚于你，只能看见
一道道围墙和房间的四壁，看不见
大海的潮汐，月亮的圆缺。

要知道，是你攫走我的生活，
拖曳着我的灵魂穿过墙壁投下的暗影，
而我的灵魂曾许诺
归属白色的浪花和青翠的树林。

饮你

饮你，在一艘桅杆高耸的船上
在海的风浪间
啊，辽阔的夜，绣满了星辰
纯净而虚幻，
明亮而幽暗。

向着你攀援：我的不安，躁动，
迷乱，失望，还有苦痛，
因为你伸出的手指，给我们送来
阴影，静寂，秘密，
完美，纯洁，和谐。

海底世界

大海深处笼罩着白色恐怖，
有些植物是动物，
有些动物是花朵。

在这静谧的世界，没有
惊涛骇浪的惊扰，
贝壳开口微笑，
海马摇曳前行，
一条章鱼伸出
成千条手臂
漫无目的地横行，
一朵珊瑚翩翩起舞
无声地摇晃着四周。

沙石上时间偃卧，
柔软得像一块桌布。

然而，即使再美丽，每一个生物
都有怪物附体。

在远海

——怀念父亲

在远海
润泽之光
在水上流泻。
浩瀚的旷野
无人栖居。

太阳辽阔，灿烂闪耀
光芒中
阒无人影舞动

碧涛翻卷不羁
这种至美，没有
点缀任何人的梦境。

在这清澈浩渺的空间
只有风在呼啸
却没有人因狂喜或痛苦
像大海那样张开双臂

我感觉[1]

我感觉在紫罗兰的冷寂中，
在月亮无边的荒寒中，有死者的存在。

大地注定是一个幽魂，
把所有的死亡都放入摇荡的睡床。

我知道我在静寂的边缘歌唱，
我知道我绕着终止的篝火跳舞，
我在无有的周围拥有。

我知道我从沉默的死者身边走过，
我知道我和自己的死亡并肩而行。

但我在无数的存在中失去了我的存在，
我活着一次次死去，
我已无数次亲吻过我的一个个幽魂，

---

1 原诗无标题，标题为译者所加。

我已无数次彷徨得不知如何行动，

我知道死会是一件很简单的事，

就像从家里走到了街上。

她们

春心荡漾的她们，悄悄
躲在窗后，不安地窥望
大路上扬起尘土的喧响，
她们猜想，是你从窗下走过，
带来旖旎的春光。
她们噬咬着孤独和饥渴，
穿过花园的静寂，
朝着阴影把你的名字呼唤。

等待

我把一整日的孤独都给了你。

在荒凉的海滩，我以堆沙为乐，

翻滚的潮汐打碎寂静

咆哮着永远的羞辱，

就这样，我漫漫等待

等待你的身影破雾走来。

大海轰鸣

你轰鸣着，深邃，无边无际。
每当我与你独处，愈觉得你壮美无比，
你的声音如此深沉如此亲切，
伴随着我最隐秘的梦舞动，
以致我常常猜想
你是一个奇迹，仅仅为我创造。

我涤除我的恶[1]

我涤除我的恶，此刻
我只想忘记一切，抛弃一切，
走到黑夜以外，
乘一只船远航。

我把双手伸进漆黑的波澜，
直到这双手变得
孤独而纯净，
如我梦中所求。

1　原诗无标题，标题为译者所加。

玫瑰

深夜，我撕下玫瑰的花瓣咀嚼
恍如觉得
清湛夜晚的月光，
璀璨黄昏的红霞，
欢舞的春风，
落日苦涩的柔情，
以及翘首期盼时的心跳，
全都沁入我的唇齿之间。

航海

距离产生距离

在距离中世界出现：大陆

奔入眼底，清晰可见。

而在我们身后，另一个辽阔的远方死去。

沉船

沉船来自一个
喧嚣、清晰、稠密的世界。
现在大海在心底把它守护，
用与世隔绝的静寂。

船长只剩下一具骸骨，
白如砂砾，
他的手中有两只海螺，
他的心脏由美杜莎替代，
海藻成为他的血脉。

他周围若隐若现的洞穴
闪烁出缤纷的色彩
百花的颜色浸染着海水，
静默的水族晶莹透明。

当美人鱼翩然游过，

沉在海底的身体为之颤动。

美人鱼有紫色的头发，空洞游离的眼睛

如先知的眼睛一般绿光闪烁。

饮毕月光

饮毕月光，我们神游远方，
以为生活就是拥抱
松林的风声，山峦的蔚蓝，
以及大海所有青绿的花园。

不过，我们只是孤独的过客，
果实不是我们的，鲜花不是我们的，
天空和大海如化外之物翳隐，
化为我们梦中的幽魂。

只因在每天升起的晨曦中，
我们在清新的花园里一无所获；
只因如果我们不归属天空和大海，
众神也无法栖身其间。

我见过

我见过森林、欢舞和痛苦，
夜莺啼啭，狂风吠叫，
彗星划过了穹天。

我见过阳光的脚尖踏着袒露的面孔，
我见过眼睛幽深得如同月亮，
磁石一样高悬在大海的上空。

我见过晕眩的夕阳浴血而坠，
人与影互为交织，
被肢解的动作支离破碎。

被虚幻之路引领，我穿过彷徨的国度，
天使在十字路口微笑，
如星辰一样纯洁，无知无觉。

有一天

有一天，我们从死亡的朽烂中
复活，像动物一样自由自在。
即使疲惫，我们也会绽放，
我们活着，与大海和松林亲如一家。

大风吹走我们无尽的倦怠，
我们的举止不再虚妄，不再惊慌，
我们的肢体
重获动物的轻盈与敏捷。

只有那时我们才会洞悉
荡动于翠绿的松林与大海潮音中的奥秘，
而我们也将学会动物的语言。

启程

夜缓缓栖落在花园，
它的舞步
把我的灵魂从它的绳索里解脱出来，
好似万物都被重新创造。

我认识你

I

哪怕我不能把你凝视，
我也立刻认出已被毁灭的你，
因为你本身就是我命中的灵魂，
我积攒了所有的等待把你等待。

II

我认识你，我在每一个神那里为你而活，
我承受着你的沉重，我才永远忧伤。
后来你仅仅用脚步就毁灭了我，
你的脚步比我的更为真实。

如一朵朦胧之花

I

如你手指间的一朵朦胧之花
至美的和谐在舞蹈，
花园被月光和秘密占有，
你拥有无法言说的沉寂。

II

你的双手给我带来世界，
从你的表情中向我涌来
浩渺的星辰，深邃的大海，
神话始于你的双眼。

在你身上我认识了迢遥的花园，
你向我讲述岩石的生命，
我们携手闯进瞬间的静寂

诉说的一个个秘密。

Ⅲ

你的双眼是湖水，是清泉，
你全部的存在是
沉重、清晰、忧伤的幻梦，
是群山和松林的风景。

在你的声音里，词语是黑夜，
所有的事物皆深沉辽阔，缄默无言，
与你相仿。

赫卡忒[1]的死者

我们周围的死者
低声啜饮我们生命的精气。
他们的阴影伴随着我们的行动，
我感觉到他们从深夜悄悄走来
掠走我们的余生。

他们来到我们居住的房间，
化为我们的一举一动，
他们重复着我们的言语，
俯身走进我们的睡意，
他们渴饮我们梦的牛奶。

他们不可触摸，没有重量，也没有轮廓，
他们循着我们新鲜血液的气息出没。

---

1 赫卡忒（Hecate）为希腊神话中掌管魔法的女神、鬼魂女皇与地狱女神的三相女神。赫卡忒总是和夜晚、鬼魂、地狱、魔力、巫术和妖术联系在一起。她是不可抗拒的死神。

并对着我们生活的影像微笑，
我们看不见他们，他们却为我们哭泣，
他们知道我们走向哪里。

在此

在此，我最终脱下了身影
一切皆游戏，万事皆须臾，
我赤身歌唱，在万物的核心。

在此我是自由的——是月亮
和花园的回声，是静谧的起舞，
是预知的挥舞的手势，
在此我属于所有我爱过的事物。

而这并非因为我只是经历过那些往事，
并非因为我只是失去了我的声音，
并非因为我参与过那些模糊不定的行动，

而是因为我是万物的回声，
在爱情之中我因为爱而得以永恒。

手势

我看见你[1]是黎明，于万物之中升起
但你从未真正现身
只是向我做了一个手势
让我去追溯最遥远的生命之源。

1 在原文里“你（te）”是大写，特指神祇或特殊人物。

五月清晨的祷告

主啊，请赐予我动物的纯真
让我在这个清晨畅饮
自然万物的和谐与力量。

请撕掉人类
虚妄无用的面具，
撕掉人类的傲慢，
让我迷失并消融于
这个完美的清晨，
让风把我的那一部分
还给我，我
在只归我所有的花园边
生活的那一部分。

流放

我期待仅凭想象和思考
去编织时光。

在这个鲜花不再开放、大海不再是海的国家
每一艘船都是谜，
我不懂帆的意义，
我的饥渴如冰冷的地平线一般绵延。

我曾呼唤你

我曾呼唤你，直到变为一座塔，
你在海边见过这座塔，在白色的某一天。
我曾呼唤你，直到我失去你的道路。
我曾呼唤你，直到我梦见你在梦中所见。
我曾呼唤你，直到我不再是我：
我请求你抹去
我曾用生命筑起的塔，我做过的一个个梦。

我的双手把持着星辰

我的双手把持着星辰，
保护着灵魂不被打碎，
我让每一朵花歌唱，
我从大海中掬出大海，注入我的体内，
我的心踏着万物的节拍跳动。

我的爱像恐惧一样隐藏[1]

车辆驶过，房子震颤
这是我独处的房子。
我早已饱经世事：
空气保存着消失的空间
虚无刻下昔日的声音和动作
所留下的痕迹。
但我的手什么也没抓住。

我只能凝望黑夜，
我需要每一片叶子。

你的生活在空气中滚动旋转
离我遥远……
即使为了承受这虚无的存在
我也需要独处。

以前，孤独是永远的出发

1　原诗无标题，标题为译者所加。

是计划与质询，

是反对顽固僵化的事物，

是死亡和遗憾的重量，

以前的孤独是完整。

我相信我的生命是坦荡的。

我身上所发生的一切都不可避免。

我只有对万物怀有不变的感情，

犹如永恒漂浮在群山之巅。

花园，已经遗失的花园，

我们的四肢向你的缺场围拢……

簇叶低语着你的秘密，

而我的爱像恐惧一样隐藏。

风

风吹打着
紧闭的窗

风吹过辽阔的平原
疯狂的平原
已经死去的平原

风的长发疯狂翻卷
漫漫绕过地球

我坐在事物的身旁
在我的生命上绣出整个黑夜

那些编织的日子
带着奇思异想的神情
走进我，与我嬉戏

风吹打着窗

我思忖，也许我是一只飞鸟

驱散滞留在你头上的乌云[1]

驱散滞留在你头上的乌云，
驱散带走你目光的飞鸟，
驱散比石头更沉重的梦魇。

哪怕我的表情把你刺穿
让你自孤独滚入尘埃，
哪怕我的声音灼烧你呼吸的空气，
让你的双眼再无法凝视，
此刻我来了，你必须看见我。

1　原诗无标题，标题为译者所加。

这是你已被废黜的世界[1]

这是你已被废黜的世界
你孤身一人，远走他乡
只用两个海螺捂住耳朵
听一首只有你才会听到的歌。

因此，从花蕊向外绽放的花朵
在芬芳弥漫中灼烧
再映入我们失明的眼睛
这奇异之花，从天使的物质中
散发着迷人的馨香。

1 原诗无标题，此标题为译者所加。

不敢爱你[1]

在这个像世界一样脆弱的地方，不敢爱你。

在这个不完美的地方爱你有罪，
一切会把我们粉碎，让我们缄默，
一切会把我们欺罔，让我们分离。

1　原诗无标题，此标题为译者所加。

晨曦之花[1]

你就这样死去。死亡中，一朵晨曦之花
悲伤地漫游于你的手指间
你被遮盖的脸，存留在那些雕像之间
直到新的一天把它照亮。

假如任何爱都未失去，
你会重获新生——但何时呢？
也许，可以先让时间
消磨掉我睡意中的薄弱物质。

1　原诗无标题，此标题为译者所加。

泉

院子里，清泉潺潺涌流

周围的露台上伫立着一个

永不在场的人，正在屏息谛听

夜

当四壁变得恐怖，我醒来，
当时间数完自己的脚步，我醒来，
树木走进我的房间，
叶子沿着我肢体飘落。

当晨光在墙上描画
柔和洁白的甘松花，我醒来，
当睡意让你们相信你们是一条条河，
我醒来。

女巫

被窒息在冰窟里的女巫，
没有视力，也没有爱情，
只能把空虚当作神火来果腹，
在令人不寒而栗的光亮中
阴影消溶了白昼和黑夜。

她们从黑夜深处
带来魔鬼的露水
以及力量凝结的汗珠。
词语撞击着洞壁，
如受困的鸟儿盲目扑打着翅膀，
拥有翅膀是一种恐惧，
如钟表发出虚无刺耳的声响。

你听见

你听见一群奇怪的夜鸟，
飞落在我的窗前：
绛红的胸脯，紫色的尖喙，
它们的鸣叫尖利而狂野。
它们呼叫着黑夜，从漫长静谧的
黑夜的深渊衔来残酷锋利的词语。
它们的利爪刺进月色，
恐怖的气息，
来自它们沉重的翅膀。

死去的女人

死去的你，
多么明亮，
手指留下一股清凉……

死去的你，多么明亮，
你像花儿一样开放……

你是一眼清泉，
水下有洁白的石头，
你是清泉在夜晚歌唱，
银鱼悄悄
浮出水面。

你是微风，
以一个再见的手势掠过叶丛，
你是微风携来的馨香并把它吹荡，
你是微风轻盈的脚步，

走在阒无人迹的路上。

你是菩提树的枝条绽放寂静，
你是一潭碧水映出恬静的影像，
你是对一个节日的幽幽思念
在花园里低语呢喃。

你唱着，
双手沿着墙壁滑行，
你走来采撷，
桑葚成熟的红色血滴，
你来了又去。

你孤独而透明，
陪伴你的是对万物的记忆。

死去的你，
多么明亮，
但你已不在人间!

你是子夜，

你是迎风敞开的回廊，

你是一根寂寞光滑的翎羽。

阴影再次起舞，

空气飘溢着海藻的芳香，

枝丫的手指敲击着窗棂：

你羽毛般的柔发生风，

你孑然来到林荫路的尽头。

你没有显露你的面容，

只闪过身穿白裙的背影。

你多么轻柔，你甜蜜得宛如一场酣眠！

夜风因痛苦而膨胀，

孤独的词语沿着我攀爬。

你是童年的芳菲，弥漫在岩石间，

你是童年的衣衫，闪现在旷野，

你是童年的羽毛，轻扬于夤夜。

倏然间，

我攫住你脸的轮廓但又失去：

你多么清新！
你走来，手指间泉水潺潺。
你多么轻盈！
胜似舞姿蹁跹。

当你莅临，返回，当我看见你，
你已在路的尽头消失不见：

只有足印消失的白沙，
光滑的羽毛，
还有痛苦，清泉和微风。

遥远而清晰

一次迷失的冒险之路，
仍在路上，
遥远而清晰。
临近的风，
吹动天空。

年华是蓝，是绿，是清新的气息，
虽然它已逝去，但会回返，
骑着明亮的水晶马，
奔驰到天边。

这一天

这一天，有大海和雾霭
你的脸就在眼前。

沿着漫长的天际线
风吹出节奏
那些飞鸟
自季节的初始
就开始迁移
为了返回时飞进你的双眼。

那些飞鸟
对你的脸有永恒的记忆
它们在你的梦中永远飞翔
仿若你的目光就是天空。

哦，诗歌

哦，诗歌——我对你索要太多！
无人之地是我居住的地方，
我不知道我是谁——但我不会死，
哪怕国王已经死去，国家也已四分五裂。

船

渔船在海滩上沉睡
一动不动，睁着
雕像一般的眼睛。

弯弯的尖喙
噬咬着寂寞。

海盗

在我的船上，我是唯一的人类。
其他都是不会讲话的怪兽，
老虎和狗熊被我拴上船桨，
我用轻蔑统治着大海。

我爱迎着狂风和桅杆一起咆哮，
也喜欢用微风向着船帆撑开自己，
返回的航程十分美好，
但许多时光几乎被遗忘。

我的祖国是风吹荡的地方，
我的爱人是玫瑰开出的花朵，
我的愿望是鸟儿飞过的痕迹，
我从未在梦中醒来，也从未睡去。

景物之根[1]

景物的根已被斩断。
万物漂浮，分离，不复存在。
万物漂浮，没有名字，一片死寂。

1　原诗无标题，题目为译者所加。

贤妻

夜晚我铲平我的道路。

我所编织的一切都不真实，

我用更多的时间去填充死去的时间，

每一个白日我都在远离，

每一个夜晚我都在临近。

梦是谎言

上帝，如果你愿意，

我们将承认梦就是谎言，

我们将打碎海市蜃楼的玻璃，

我们将撕毁花朵与彩虹的婚约。

我的自由多么怪异

我的自由多么怪异
万千事物容我经过
张开虚无的两翼容我经过
不吃不喝地活着多么怪异
身体再没有需求，再无需消耗粮食
多么怪异，但我对此一无所知

仿卡蒙斯[1]十四行诗

在我等你的这一天，希望和绝望
可以充当我的食粮，
要还是不要？我不知道，
找不到理由，是我的苦痛。

如何让爱情心有灵犀？
我向你索要的是绝望，
即使你已经给我，但我想要的，
却没有其他人给过我，给我的只是须臾。

而爱情，因美好而不会持久，
你是如此短暂但又刻骨铭心的欺骗，
我拥有你，而你没有把你交给你自己。

---

1 路易斯·德·卡蒙斯（Luís de Camõs，约 1524-1580），葡萄牙历史上最伟大的诗人，著有歌颂葡萄牙航海大发现业绩的史诗《葡国魂》，他也写过大量吟咏爱情的十四行诗。据传说他曾到过澳门，并写下这部史诗的部分章节。

如果人人获得圆满的爱情，
那么成千上万的果园都将枯萎，
那么波浪都将被大海埋入海底。

疼痛

树木的躯干如我的臂膀令我疼痛

海的波涛如水晶的喉咙令我疼痛

月光令我疼痛：一块撕碎的白布。

安东尼和克娄巴特拉的情诗

我用你的双手丈量了世界，
我用你的肩头作纯净的天平，
称量了太阳的金黄和月亮的苍白。

玫瑰

我从诸神那里期待的自由
已化为齑粉。我采摘的玫瑰
在明媚的时间里露出灿烂的脸容，
时间命令它们盛放，也命令它们死去。

第一次自由

我说初始之日的第一次自由
是大海，是光芒，
是欢舞，是枝杈和秘密，
而初恋夭亡得这么早
以至万物都是它的转世和复活。

花朵

我们要感谢花朵，
是它们在自己身上
纯粹而持久地
坚守一个古老的诺言：
未来是一个清晨。

雕像

你手中大海的涛声已经沉睡
你的头发塑出风的形状

阳光沿着你冰冷的臂弯流泻
在你没有视力的眼睛里
船溅起的白色浪花填满了空虚

欧律狄刻[1]

我用线条，在你被爱过但又迷失的
身体周围描画，为了让我把你包围

这是爱之歌，我在歌中向你述说
为了让你在倾听中属于我

这是诗——你面孔的假象
在面孔上我寻找如何废除死亡

1 欧律狄刻（Eurydice）是希腊神话中俄耳甫斯的妻子，被毒蛇噬咬中毒而死，俄耳甫斯请求冥王把妻子还给他，冥王答应了他的请求，但提出一个条件：在他领着妻子走出地府之前决不回头看她，否则他的妻子将永远不能回到人间，但他还是回过身来想拥抱妻子，因此欧律狄刻又回到了死国，只给他留下两串泪珠……

死去的士兵

无垠的天空凝视着
他绝对而茫然的脸
风吻着他的嘴
而他再不会亲吻任何人。

他的双手抱在胸前
守护着一个诺言的冲动。
他的双肩释放出一个期待
在午后变得破碎。

阳光、时间和山峦
抱住他的头痛哭
哭他被利用，被遗弃
飞鸟从天空倏然掠过。

此时

这是树林里
最阴晦的时间

甚至蓝天都是栅栏
甚至阳光都是污垢

这是黑夜
豺狼麇集
苦难深重

这是人们说“不”的时候

那个人走了

那个人走了
走在自己的脚步之前
如一位早逝的青年
留给我们希望的遗产。

他不再和我们厮守
他用痛苦的手毁掉自己的面容
完好的是他的空影
如一尊神像
被一座废城的入侵者忽略。

他再不会参与
时间的凯旋和真理的葬礼。

他走向了远方
那是最遥远的海滩
只有咸苦的浪花和风

在那里，他丢失了自己，按照自己的心愿

成就了自己。

他那禁忌的名字再无人提及。

简历

我的朋友们，有的死了，有的远离，
还有的，为抗拒时代而撞得头破血流。
我憎恨一蹴而就，
在阳光中，在大海中，在风中，我寻找我自己。

下午

今天下午我要对你说的事情
和海鸥没有任何相似之处。

你的脸

别人在自己的脸上敷满谎言
但你的脸却是证词
纯粹，真实，如同死亡

你的脸，没有人可以辨识
你的愿望总是降临的黑夜
你的厄运踏着精准的节奏走来
花园已禁止入内

诗

诗，一个多么美丽而纯洁的词
她沿着无数条道路跋涉
深夜里我在一间青楼里找到她
她已被一个死人杀死

失去海的海员

在他纯净的手里，海员
有远方，有一片安静的海滩
但是他迷失在冷酷的城市里
行走在昏暗的大街小巷

所有的城市都是船
装满天空，向着月亮吠叫
装满侏儒和僵冷的死人

而海员像一根桅杆那样漂浮
他的肩膀抵靠着街角
他航行，却没有海鸟和翻卷的浪涛
他的身后只抛下一个个阴影

在他混乱的思想之网中
囚禁着幽暗的美杜莎
黑夜降临，和风一起消逝

他沿着隐藏的台阶攀登
拐入无名的街道
他被自身的黑暗引领
他的眼瞳透彻得像玻璃

他走过一个紧挨一个的长廊
在那里阴影的章鱼勒住他的脖子
灯光如飞鱼
他产生了幻觉

因为他有一只船，但没有桅杆
因为大海枯竭了
因为命运涂掉了
所有星球的名字

因为他的路迷失了
他的胜利被出卖了
他的手握有深重的灾难

他徒劳地挺身于征象之中

去寻找纯粹的晨曦之光
去呼唤吹荡码头的风

没有大海洗掉他满脸的污垢
永恒的只有精确的回忆
风径直吹过平坦的海滩
他的呼唤纯属徒然

他将死去，没有大海，没有船
没有远方的目标，也没有竖立的桅杆
他将在灰暗的四壁中死去
残缺的肢体和脑袋的碎块
漂浮在缓缓而来的黎明的暗影之中。

*

从南到北
从东到西
风驾驭着四匹马
扬鬃奔驰

大海之魂问：

“我为他保留着一个纯净之国

此地辽阔而虚无

有深邃的白浪

冷冽的清澈

而他是何许人？”

他不再主宰沙滩

美杜莎、海螺和珊瑚

他主宰的只有朽烂

从南到北

从东到西

风驾驭着四匹马

明确而透明

将把他遗忘

因为他在永恒的路上迷失了

他的身体脱离了完整

只能委身于无情的街道

分割出来的时间。

因为

因为别人戴着面具而你不
因为别人假借道德
收买不可宽恕的事物
因为别人恐惧而你不。

因为别人是用石灰粉饰的坟墓
在此用沉默喂养腐烂。
因为别人噤若寒蝉而你不。

因为别人收买自己出卖自己
用谄媚去谋取利益。
因为别人投机钻营而你不。

因为别人千方百计寻找荫庇
你却愿意铤而走险。
因为别人用尽心机而你不。

归来

谁将讴歌你们已经消亡的归来
怎样的眼泪和呼喊才会诉说
你们的身体背负的绝望与沉重?

无休止的慢性死亡
已经让葡萄牙疲顿不堪
此时风正自海上劲吹。

谁能击败痛苦而成为胜者?
我们面对的白昼的脸庞
曾有着古老、清晰、崭新的轮廓,
却被黑夜淹没,
而谁是用黑暗统治黑夜的主宰?

卢济塔尼亚[1]

这些向着大海前进的人
在大海中埋下他们黑色的船头
犹如插下一把利剑
并靠着少许的面包和月光生存。

---

1 即葡萄牙，据说奥德修斯到达今天的葡萄牙并将这个地方命名为卢济塔尼亚。

月光

哦，夜啊，请把我收留在你的空中花园
把我收留在你用月光和静寂筑起的庭院
把我收留在你虚无和风的广场。

黑夜里
巴格达俯身走进你的河流
这光与遗忘的国度
雪松发出你的喧哗，时间在你的
蓝色循环中缓步而行。

黑夜

我孤身一人在白色的四壁之间
黑夜从蓝色的窗棂潜入
高昂的面孔缀满星辰。

轻风

怎样的素手在轻风中辞别？
怎样的情话
把五月的夜收留却又丢弃？

月光把你塑成
一尊未在时间中驻留的雕像。

谁可以攫住
不停死去的寸寸时光？

孤独

黑夜打开月亮所有的角度
我在所有的墙壁上把你寻找

黑夜筑起蓝色的街角
我在所有的街角把你寻找

黑夜敞开寂寞的广场
我在所有的寂寞中把你寻找

黑夜沿着河流燃起灯火
紫色、蓝色、绿色的光影交织

我把你寻找。

杀死之歌

我对生活懵懂无知

你对我的爱
是利刃
拔出的匕首在闪光
它把我刺穿
刺穿我的时日
把我切割

一切在我身上活着的
都藏有一把刀
你对我的爱
从我的体内把我切割

用一把干净的刀
我把自己
从你的血液中解放

你的血玷污了我的灵魂

你对我的爱
把我从万物中分离
刀的利刃
切割着我的生命

我对生活懵懂无知
清朗的夜
对我关上了门

我对生活懵懂无知
我用一把干净的刀
解放自己

蝉鸣

寂静携着天空的火焰降临
阴影直接映在白色的墙上
光亮追随万物
直至消失在视线的边界
蝉鸣比大海的涛声更响亮

清晨

像一枚果实
从中间切开
露出清新的内核

这才是清晨
我走入其中

这就是我

这就是我
脱尽所有的衣衫
远离神机妙算的占卜者和众神
为了独自面对静寂
面对静寂和你脸上的辉光

然而你聚集了所有缺席的缺席者
你的肩膀不是我的依靠，你的手里没有我的手
沿着你存在的时间之梯，我的心孑然而下
你找寻的
是荒原，静寂的荒原

漆黑的是夜
漆黑而又透明
但你的脸却在暗黑的时间之外闪现
我没有在你静寂的花园憩息
因为你聚集了所有缺席的缺席者。

离别

午后的车站

烟雾缭绕，嘈杂的人流穿梭

无名的面容闪现

爱的深处，还另有一个站台

泪水涌流之前

已被心中的火焰烧干

墓志铭

我死后，要回去寻找
我没有和大海共度的一个个瞬间

医院和海滩

我行走在医院里
这里的白色暗淡而肮脏
这里的白色是所有颜色遗弃的颜色
这里的阳光是灰烬

我走在海滩和田野间
让大海的蔚蓝和远方的绛紫
萦绕在我的颈间，
我走在海滩上，自由得宛如女神

主啊，我没有向石头探寻你的足迹
也不曾畅饮着风把你念起
风就是风，石头就是石头
对我来说，它们本来如此

沐浴着大海浩渺的晨光
我像神一样自由地行走

我像一个盲者，这样度过了一整天

但我在医院所看见的面孔
既不属于岩石，也不属于松林
映在墙上的阳光犹如死灰
荒谬的疾病与痛苦无限扩大着边界

放逐

我们不再拥有我们的祖国
我们失去了她，因为沉默和退缩
甚至大海的涛声都在把我们放逐
甚至围绕我们的阳光都是栅栏

敏感的人

敏感的人宰不了
一只鸡
但可以吃鸡

金钱散发着贫穷的气味
和他们身上的衣服的气味
他们的衣服被雨淋湿再被身体烘干
他们没有别的衣服
金钱散发着贫穷的气味
散发着那些衣服的气味
衣服汗渍斑斑却没有洗过
他们没有别的衣服

“你必须汗流满面才得糊口。”[1]
我们应该这样做
而不是“你用别人脸上的汗水挣来面包。”

1 圣经《创世纪》中神对犯罪后的亚当说过这句话。

哦，那些时间的贩卖者

哦，那些忙于竖立沉重劣质的宏伟雕像的人

他们多么虔诚，却捞尽好处

主啊，请宽恕他们

他们只擅长做这样的事

为了和你一起穿越世界的荒漠

为了和你一起穿越世界的荒漠
为了和你一起面对死亡的恐惧
为了目睹真理，为了摆脱怯懦
我与你同行

为了你我放弃了我的王国，我的秘密
放弃了我飞逝的黑夜，我的静默
放弃了我圆润的珍珠和光的诱惑
放弃了我在镜子里的形象和生活
放弃了天堂的花园

外面有光，坚硬的白昼没有面纱
我不用镜子也见到我的裸体
而漂泊被称作时间

因此你的手为我穿上衣服
而我学会了在狂风中生活

星辰

我走在黑夜里
走在寂静与寒冷之中
只有一颗星辰为我指路

黑夜中巨大的危险
从我的星辰降临，我曾以为
这颗星是真正的星，只有它
映射出霓虹装饰的城市

我的孤独如皇冠，这完美的标志
戴在我的头顶
但我发现它在风中把我羞辱
我的皇冠不过是一坨沉重的铁
压弯了我的腰

我想到群山冷冽
“我的纯粹把我包围，把我萦绕”

然而我的思想却在腐烂
而纯粹的万物却在闪烁
我知道我并非一尘不染

肉体的软弱和精神的迷幻
如魔鬼的喊叫
命令山石开口说话
但石头像石头那样沉默着
我孤身一人，任自己迷狂而迷失
而一颗星辰却令我惊诧

我在黑夜里行走，行走的动作
拉长我的影子，萦绕着我
静寂和恐惧在荒原上
并肩而行
此刻我看见
被一颗星辰照耀的那些人
迎面向我走来

他们这样对我说：“如果你仍旧追随
那颗星，那么就和我们一起走吧”

于是我知道我追随的那颗星
是真实的，并非来自想象

漫漫长夜把我们紧紧包围
弥漫的大雾和幻影向我们涌来
漂泊的回声带来的无边寂静
从远方把我们呼唤
三个人的身影映在地面
伴随我的脚步前行
而我惊奇地看到那颗星
引导我们走向人类的城市

这颗在天际闪烁的星，停留在
一条暗淡丑陋的街道上空
街道的灯点燃的是灰烬
不是自然的绿色与蓝色

在城市我看不到我所热爱的事物
没有阳光明媚，没有水波潋滟
在医院和监狱的旁边
在证券交易所和世俗的庙堂之间

街道是最大的忧伤和孤独
在这个被星辰标记的地方
好像一切都已被抛弃

在城市我这样想：“我穿越多少荒漠
才会找到人与人之间最亲近的事物”

费尔南多·佩索阿

你的诗歌理所当然地蔑视阴影
你超离于人生，鳏居于世人
你勇敢地去做一个“无人”
你航行在没有定义的大海上
用指南针，而不是星辰去导航
你准确地知道如何放弃拥有

是这些不同的你创造了你的诗歌
你类似一个有四个面孔的神
你媲美一个有众多名字的神
你坚守缺席，你被命运豁免
你渴求不在场的在场
你言说逃离的道路
你是没有被割掉的野草

祖国

这个国家遍布石头，风很坚硬
这个国家阳光明媚而完美
这里有黑色的土地，白色的墙

长久的贫穷在人民的脸上
写下沉默和忍耐
在一份无法拒绝的报告中
贫穷准确地抵达了骨头

人民有太阳和风一样的面孔

这里有新鲜的词语，它们被人热爱
被慷慨激昂地说出
这些词语有色彩和重量
有具体而纯洁的寂静
从这些词语中，被命名的万物拔地而起
这些词语有炫目的赤裸

——石头　河流　风　家园

哭泣　白昼　歌唱　力量

空间　根　水

啊，我的祖国，我的心

这个国家的月亮是我的疼痛，大海是我的痛哭

而流亡已嵌入所有的时间

年代

（仿厄斯塔什·德尚[1]）

这是孤独和不确定的年代
恐惧的时代，背叛的年代
不公不义的年代
否定的年代

这是胆怯的年代，愤怒的年代
面具和谎言的年代
谁针砭时弊谁死的年代
奴役的年代

这是狼狈为奸的年代
沉默和禁言的年代
流血不留血迹的年代
威胁充斥的年代

1　厄斯塔什·德尚（Eustache Deschamps，1346—1406），法国中世纪诗人，著有民谣和社会讽喻诗，抨击法国统治者的腐败和神职人员的恶习，表现出强烈的正义感和道德感。

阳光与家

漫溢的阳光中
交织着阴影和白色[1]
这是我要找的家

我的手几乎感受到
家纯净的凝视
轻柔的呼吸

1 葡萄牙常见的房舍是红瓦和白石灰的外墙。

这些人

这些人的面孔
时而闪光
时而粗鄙

时而让我想起奴隶
时而让我记起君王

他们复活了我的志向
——斗争和拼杀
向兀鹫和毒蛇
向猪猡和猛鸢

因为这些人的面孔
刻写着
忍受和饥饿
一个黑暗如磐的国家
在每一个人身上

都刻下了它的名字
看着愚昧而又饱受蹂躏的他们
就像看着地上的石子
甚至比石子更卑贱

我的歌喉复活了
我重新开始寻找
一个解放的国家
一种无瑕的生活
一段公正的时间

我丢失了我

在这个肮脏的世界
在这个属于警察
投机者、伪君子、交际花的世界
我丢失了我

在世界的污浊中我丢失了我
在大地的清白中我救赎了我

我在风中寻找我，我在大海中找到了我
没有哪一只船
离岸时
不带上我

笛子

房间的角落里，阴影吹响小巧的笛子，
此时我想起了水池、美杜莎
和荒芜海滩上的死亡之光。

夜的戒指庄重地戴在我的手指上，
静寂的航船继续着古老的旅行。

厄勒克特拉[1]

夏天的喧响折磨着厄勒克特拉的孤独，
太阳把它的矛枪刺入枯干的原野，
厄勒克特拉披开头发如同发出一阵悲哭，
她的呼喊在绵延的庭院里回响，
令黏附于笔直的石柱的炎热震颤。
她的呼喊穿过蝉歌，
惊扰了悠然翱翔的苍鹰，
在云天中播洒青铜般的寂静。
她的呼喊追赶着一群愤怒，
因为它们妄图在坟茔深处长眠，
或者在宫殿被遗忘的一隅沉酣。

因此厄勒克特拉的呼喊是万物的彻夜不眠，
回荡于

1　厄勒克特拉（Electra），古希腊神话人物，因为父报仇而弑杀生母，后在雅典娜主持的法庭审判中，众神中支持厄勒克特拉的人与反对者人数一致，最后雅典娜手中决定的一票让厄勒克特拉被判无罪。

迎面照耀的光亮之中，

和庭院里酷烈的骄阳之中。

为了众神的审判得以实现。

透明

上帝啊，请把我们从透明的危险游戏中解放出来
我们灵魂的海底没有珊瑚也没有海螺
只有窒息的梦
我们完全不知道是些什么梦
沉默的引导者和喑哑的歌唱
有一天会突然出现在
阔大平坦的庭院，那是灾难的庭院

借你不在之名

借你不在之名，

我用疯狂建起一座巨大的白房子，

然后拍打着四壁为你而哭。

在房间里

我们在房间里咀嚼饥饿的滋味

白色的墙壁如同巨大光滑的白纸铺开

我们的想象在纸上漫游

我们的思想不停地掠过地图

我们的生活犹如穿在身上的衣服

没有跟随我们一起成长

道路

我知道走进沙漠
有人会死去

但在苍穹的圆拱下
——何处是
我的力量和爱情的极限？

是的，在抵达下一个绿洲之前
我会死去，嗓子冒烟
太阳无穷的重量压着我的肩膀

是的，我会死去，强光让我失明
我已厌倦等待海市蜃楼的奇迹

我知道
在抵达下一个绿洲之前
总会有人死去

镜子

整个白天镜子都在点亮它的光
绝不暗淡
即使在黑暗的眼睫下
光滑的瞳孔也在闪烁和凝视
犹如猫的眼睛
镜子只映照我们。从不装饰我们

不过只有在暮色的阴影中
当静止在寂静的中心得以确立
镜子的表面才浮出
让我们驻留又把我们熄灭的光：
它来自
玻璃的冰冷火焰的深处

窗

窗子紧挨着大海和时间
——哦，我的手挽着古老的六月——
年复一年，日复一日
我行路向前，盲目地追寻

谁将走出我已被埋葬的身体，给我安慰？

诗

我的人生是大海，是四月，是街道
我的内在是对外在的关注
我活着，我倾听
万物用音节拼写字句
并把它们刻入时空

我没有上帝的陪伴，但我在世界中把他寻找
我知道他会从真实中现身

我不解释
我目睹，我面对
我以袒露的方式思想

大地　太阳　风　大海
既是我的履历，也是我的面孔

因此，你们别叫我出示身份证

我没有，我只有世界

也别询问我的意见，别采访我

别问我的出生日期和地址

我的所见都是对我的补充

我死去的时刻正迎面走来

我每一天都在准备迎接它的到来

航海大发现[1]

大海有绿色的肌肉
有长有众多手臂的偶像，如同章鱼
原始的骚动
有序的喧哗
那些人围着停靠的船
扭动着身躯跳舞

我们穿过马群
马在疾风中扬起鬃毛

大海骤然显得古老而年青
显露出海岸

1 指葡萄牙人始于 15 世纪的航海大发现，可以说这是全球化的肇始。1460 年以后，葡萄牙王室把大量资源投入海外探险和殖民活动，他们抵达了西非沿海，然后向大西洋、印度洋和太平洋拓展。1498 年达·伽马绕过好望角到达印度西南海岸。这首诗写的应该是葡萄牙人抵达美洲时的情景。索菲娅写过许多首以航海大发现为题的诗作，如本书收入的《航海者》《岛屿》《漂流》。

和一个不同的种族

他们是刚刚被创造的人类，肌肤还沾有泥土的颜色

仍然赤身裸体，对我们充满好奇

欧律狄刻[1]

你的面容比所有的航船都古老

你石头的双手做出白色的手势

波浪举起你被切断的手腕

在你的身上我庆祝我与大地的交融

1 欧律狄刻（Eurydice）是古希腊神话中俄耳甫斯的妻子，被毒蛇咬伤而死，俄耳甫斯克服种种困难要和妻子的魂灵在一起却最终未能如愿，两人凄美的爱情悲剧是西方文学艺术常见的主题，罗丹塑有两人的雕像。

黎明

黎明即将来临，海天相接
变蓝的世界轻轻震动
渔船闪着光亮，最为耀眼
假如没有疯狂和谣言
我们的生活看上去多么惬意

致里卡尔多·雷伊斯[1]（III）

虚无的诸神无处不在，

我们居住在

这朦胧的明澈中。

自他的思想出现之时，

一切蓦然变得

庄重而严谨。

他的目光教导我们的目光，

对世界的关注，

是我们应有的信仰。

1　葡萄牙伟大的诗人佩索阿（Fernando Pessoa）创造了众多的异名者，里卡尔多·雷伊斯（Ricardo Reis）是其中之一。按照佩索阿的塑造，雷伊斯是一个现代社会的异教徒，喜欢古典主义，热衷于古典诗歌形式的探求，常以一种旁观者的睿智和清澈书写时间的须臾和生命的无常。

双重

我驾驭着两匹马

却不知道奔向何方，我以马为向导

在一个充满恐惧和不安的国度

我身上的统一正在解体

夏日

夏日辽阔得像一个王国
白沙闪烁，波澜不惊
房间过滤着清新的阴影
我们的身体与百合和贝壳亲如一家

夏日是休息和节日
瞬间饱满得像一枚果实
我们的身体与自然亲如一家

当命运近在咫尺，可以诵读
我们在露台上凝视着遥远而亲近的星球之谜
在飞旋的静止中，这些星球引领我们前行

万物的永恒之花在绽放

我们的身体有完美的线条

缪斯

我在此安静地坐下
双手放在膝上
平静　缄默　隐蔽
被动得像一面镜子

缪斯教我吟唱
封存在心中的歌
我想慢慢倾听
你骤然的诉说
你的词语却突然逃离了我

希腊人

我们对众神假设出一种耀眼的存在
一种与大海、云朵、树木、阳光融为一体的存在
浪花漫长的白色饰带，翻滚的波浪
森林绿色的私语，麦子挺拔的金黄
蜿蜒的河流，山峦的庄严之火
还有轻盈、自由、轰鸣的天空的宏伟穹顶
都在可见的意识中涌现
而又没有失去初始之日的婚筵——
我们人类渴望这样的存在
因此我们重复仪式化的动作
重新确立万物初始的完整存在——
这让我们关注阳光所认知的所有形式
关注我们栖居其中的内在黑暗
黑暗中有难以辨认的微光在旅行

一位陌生公主的画像

为了让她有如此纤柔的脖颈
为了让她的手腕像花茎一样弯曲
为了让她有如此清澈率真的眼睛
为了让她有如此挺直的脊背
以及如此高昂的头
为了一缕如此自然的光照在她的额头
需要一代代的奴隶弯下腰
去服侍一代代的公主王子
用一双耐心的粗手
还需要一点野蛮和粗鲁
还需要贪婪，残忍和奸诈

这是对人巨大的浪费
只是为了让公主抵达
一种孤独的、放逐的、没有命运的完美

4月25日[1]

这是我所期待的清晨，

这是完整而纯洁的初始之日，

从此我们走出黑夜和沉默，

自由地享有时间的真义。

1　1974年4月25日里斯本军人发起政变，很多平民也自发参与，政变并没有出现暴力和流血，民众在军人步枪的枪筒里插入康乃馨，因此这一政变也被称为“康乃馨革命”。革命推翻了为期长达42年的萨拉查独裁政权，葡萄牙也从此成为民主国家。

革命

是干净的房舍
是扫过的地面
是敞开的大门

是纯洁的开始
是全新的时间
涤除了污垢和旧习

是大海的潮音
发自人民的心田

是一张白纸
书写着诗篇

是一幅蓝图
人们在上面
筑起家园

满腔怒火

我满腔怒火地谴责用语言蛊惑人心
谴责语言的资本主义

要知道语言是神圣的
人类从久远的年代把它带来
把灵魂托付给它

自久远的创世起
人类就通过语言认识了自己
为石头、鲜花和水起了名字
因为人类说话，才出现了万物

我满腔怒火地谴责蛊惑人心
它在语言的阴影里蠢蠢欲动
把语言变成权力和阴谋
把语言变成钱币
就像对麦子和土地所做的那样

1974 年 7 月

此刻

此刻没有真理，但需要说出全部的真理
即使今天真理并不流行，即使今天人民在祈求庇护
因为需要人民从漫长的放逐归来
交给他们完整的真理，而不是一半的真理

一半的真理就像住在半间房子里
就像领到一半的工资
就像只享有
一半生命的权利

蛊惑人心的人说出一半的真理
另一半他玩弄于股掌之间
他认为人民只有一半的思想
他认为人民愚昧而无知

真理并非一个专业
由教授和院士传授

人民仅仅高喊口号是不够的
还必须从眼睛、双手、理性出发
从澄明和事物的根本出发
去呈现真理

就像人们从太阳、大海、空气出发
就像人们从赖以生存的大地出发
去谱写人世之歌
——在远离而沉寂的目光注视下——

为了赤裸的身体穿上欢乐的衣服
去举办人世的庆典

1974年5月20日

当你在远方漫游

I

当你在远方漫游，
越过陌生的大海，忘记了语言
——当你随波逐流，
被无名的缠绕追逐寻找自我
——当你走遍旅行的迷宫
在夜和冰的国度向阴影的沉默面孔发问
——当你探索，质疑和诧异
仿佛一条线牵引着你生命的乡愁
当你航行在黑色礁石密布的蓝色海洋
故乡的声音追随你，呼唤你
当你像回到自身一样复归大海
又缠着肮脏的海藻像吸毒者一样木然出现
——当你的船翻沉，你沉入大海并在海底消失
尔后又像婴孩一样在海滩的床上睡去
当你像一个强健的青年惊讶于对自己的辨认

并撩开盖住你眼睛的头发
然后慢慢恢复你的感觉、你的动作
恢复你用音节对万物的热爱

II

我生命的爱情已被你的沉睡麻痹
如同一只飞鸟被困在险恶的天空
我周身的一切都在屏息谛听你归来的土地

III

而你的快乐在空气中颤栗着
——你树木一样的青春和坚毅——
阳光在期待你的轮廓、你的动作
你的冲动、你的逃避、你的挑战
你的智慧、你的机敏、你的笑脸

你归来的脚步是大海的波涛在我身上舞蹈

1974 年 6 月

自由

诗即自由

创作一首诗不是编写程序
但要恪守规则——
一个个音节
把它相伴

手挽着一个个音节
一首诗完成
——诸神恩赐
诗人写就

重返

如同回到祖国，回到故乡
回到我不小心失去的童年
我将重返诗歌
只为坚持探求万物的真谛
只为举起万盏灯火发出爱的呼喊

合理的方式

我知道建设一个合理的世界是可能的
城市可以是明亮的
它可以被天籁之音和潺潺的清泉洗涤
天空和大地时刻准备着
去满足我们尘世间的饥饿
我们栖居的土地——假如尚未被人出卖——每一天
都会许诺给所有人以自由和家园
——每一个贝壳，每一朵鲜花，每一个人，每一枚果实
如果没有病害，形式都很完美
就像一个词完整地融入了一首诗
我知道以合理的方式建设一个人性的城市
是可能的
只要忠实宇宙的完美

因此，我不停地从一张白纸上重新开始
而这是我作为诗人重建世界的劳动

诗歌

我们将唱出无法相遇之歌：
门槛和道路已经失去

我们将唱出无法相遇之歌：
在错误的国家过着错误的生活
新生的老鼠表现出古老的贪欲

因为敏感

我曾是一个舞者
但从未跳过舞
面对着栅栏
我只能迈出两三个舞步

太短暂的开始
过早地被拒绝
我跳过舞，那是
在舞蹈时间的背面

我曾是一个舞者
但从未跳过舞
我任自己
被关入国王的牢狱

大海在哪里被打开?
时间在哪里被洗净?

我找到花园，却在
花园最近的地方丢失了自己

我曾是一个舞者
但从未跳过舞
我的一生都在流浪
如同一个盲者

我被捆绑的生命
我从未让它得以解脱
兰波说过的
我同样也会说：

“虚度青春
却幻想一切
因为敏感
我失去了我的生活”

埃皮达鲁斯遗址[1]

我听见声音漫过最后的石阶

我听见没有人称的词语长出翅膀

我认出这个词语，因为它已经不再属于我

1　埃皮达鲁斯遗址位于希腊纳夫普利亚省，公元前 6 世纪阿斯克勒庇厄斯神的祭祀在此进行，主要的遗址大剧院被视为古希腊建筑艺术的完美体现。

岛屿 VI

他们在大海上航行，没有地图。

（他们不再理会花街的谗言
和宫廷的暗算。）

智者早有断论在先，
天下再没有未知的土地：
继续向前只会樯倾楫摧，
太阳之下是死亡的疆域。

天外的文字难以诠释，
氤氲之地笼罩着沉寂，
颤动的罗盘敲打着空间。

不久出现了灿然的海岸，
迎面而来的是
静谧，棕榈树，热风和清晰的光亮。

漂流

我看见了水面，船缆，看见了岛屿
看见了婆娑的椰林漫无边际
看见蓝色的湖泊澄碧如洗
看见鸟儿飞翔，野兽逃窜
看见这是充满新奇、惊骇和奇迹的土地
我看见赤身裸体的人们在海滩上跳舞
我听见他们用深沉的嗓音讲出
我们无人知晓的语言
我看见了铁器、飞镖和矛枪
看见了碎浪柔波荡漾着金辉
看见不知名的金属泛着异样的光芒
看见荒漠、喷涌的泉水和旷野
看见氤氲中欧律狄刻露出她的面孔
看见万物自然而清新
看不见的只是祭司约翰[1]的踪迹

1　祭司约翰（Prester John）传说在穆斯林和异教徒统治的东方，存在着一个由基督教祭司统治的神秘国家，许多中世纪游记作品都描述过这个想象和虚构的国度。

只因违命不从

我才目睹这一切并将此描叙

我不知这是一个发现还是一个错误

航海者

世界的缤纷让我们心怀奇想
世界的惊奇引领我们破浪向前
凭着胆量、希望和筹谋
我们冲破限界
有主宰万物的上帝保佑
我们不会迷失方向
因此每次停泊上岸
我们都用黄金覆盖教堂内的阴暗

无恶之国

一个人类学家说他经过漫长的探险
在森林和河流之间
发现一个印第安人部落
这些游走的印第安人
已经筋疲力尽，濒临死亡
因为他们很久之前就已经出发
走过森林　荒漠和旷野
跋山涉水
去寻找一个没有邪恶的国度——
但与我这个时代的革命者所寻找的结果一样
他们一无所获

诗艺

措辞不会增减快乐和悲伤
但会让我的声音去激活事物
并把外在世界变成我思想的物质
犹如人在吞噬狮子的心

看着盯着听着
紧守着昏暗房间里的猎物

索菲娅主要作品目录

诗歌

《诗歌》（Poesia）1944

《海之昼》（Dia do Mar）1947

《珊瑚》（Coral）1950

《在分割时间中》（No tempo Dividido）1954

《新的海》（Mar Novo）1958

《吉卜赛的基督》（O Cristo Cigano）1961

《第六卷书》（Livro Sexto）1961

《地理》（Geografia）1967

《双重》（Dual）1972

《万物之名》（O Nome das Coisas）1977

《航海》（Navegações）1983

《岛屿》（Ilhas）1989

《诗歌集 I》（Obra Poética I）1990

《诗歌集 II》（Obra Poética II）1991

《诗歌集 III》（Obra Poética III）1991

《缪斯》（Musa）1990

《腰间的海螺及其它诗》（O Búzio de Cós e Outros Poemas）1997

散文

《小说范例》（Contos Exemplares）1962（此书已译成中文出版）

《三个东方的国王》（Os Três Reis do Oriente）1965

《大海的家》（A Casa do Mar）1979

《大地和海洋的故事》（Histórias da Terra e do Mar）1984

《刽子手》（Carrasco）1991

《帝汶的天使》（O Anjo de Timor）2003

《四个散失的故事》（Quatro Contos Dispersos）2008

儿童文学作品

《海姑娘》（A Menina do Mar）1958

《女神奥琳娜》（A Fada Oriana）1958

《圣诞之夜》（A Noite de Natal）1959

《丹麦骑士》（O Cavaleiro da Dinamarca）1964

《青铜少年》（O Rapaz de Bronze）1965

《森林》（A Floresta）1968

《树》（A Árvore）1985

《吉卜赛人》（Os Ciganos）1985

戏剧

《博哈多尔海角》（O Bojador）1961

《项链》（O Colar）2001

图书在版编目（CIP）数据

未来是一个清晨 ： 索菲娅·安德雷森诗选 / (葡)
索菲娅·安德雷森
(Sophia de Mello Breyner Andresen) 著 ; 姚风译. --
长沙 ： 湖南文艺出版社, 2020.9（2023.2重印）
（诗苑译林）
ISBN 978-7-5404-9757-6

Ⅰ. ①未… Ⅱ. ①索… ②姚… Ⅲ. ①诗集－葡萄牙
－现代 Ⅳ. ①I552.25

中国版本图书馆CIP数据核字(2020)第145112号

未来是一个清晨：索菲娅·安德雷森诗选
WEILAI SHI YI GE QINGCHEN：
SUOFEIYA ANDELEISEN SHIXUAN

作　　者：〔葡〕索菲娅·安德雷森
译　　者：姚　风
出 版 人：陈新文
责任编辑：耿会芬
整体设计：天行健设计
内文排版：钟灿霞　钟小科

出版发行：湖南文艺出版社
（长沙市雨花区东二环一段508号 邮编：410014）
网　　址：http://www.hnwy.net
印　　刷：长沙超峰印刷有限公司
经　　销：新华书店
开　　本：880mm×1230mm 1/32
印　　张：5.75
字　　数：96千字
版　　次：2020年9月第1版
印　　次：2023年2月第2次印刷
书　　号：ISBN 978-7-5404-9757-6
定　　价：52.80元